U0058762

神秘圖書館

這本書的主人是

神秘圖書館偵探1
芽門、彩花籽
與
小小巫婆
文 林佑儒 圖 25度

目錄

人物介紹 004

第一章 藍色小蝴蝶 006

第二章 黃尾巴蜻蜓 012

第三章 彩花籽 016

第四章 遇見外星人？ 019

第五章 再度飛翔的小蝴蝶 024

第六章 虛弱的圖書館員 029

第七章 彩花籽的守護者 034

第八章 關於圖書館木 039

第九章 叮叮咚咚小書丸 047

第十章 棒棒糖果園 061

第十一章 讓人嚇一跳的書 086

第十二章 原來如此 093

第十三章 收拾善後 104

番外篇 小書籤與大野狼 114

456讀書會 120

作者的話 在那個魔法閃閃發亮的夏日午後 124

推薦文 書香書味 126

推薦文 循著書香冒險 130

推薦文 為孩子重建想像力的桃花源 132

人物介紹

小書蠶

外型為黃尾巴蜻蜓，實際上是來自圖書館木的高階圖書館員，負責保護與照顧珍貴的圖書館木種子——彩花籽。

林捷與林宜

十一歲的雙胞胎兄妹，長相相似，性格卻不相同。因為在圖書館裡消磨暑假時光，意外認識來自圖書館木的館員，展開了奇幻冒險旅程。

彩花籽

圖書館木的珍貴種子，以藍色蝴蝶的型態移動，喜歡愛書人的氣味。閱讀各式各樣的書籍是她汲取養分的方法。

小書丸

外型為紫金色的金龜子，是小書籤的徒弟。只要吃太飽就會說話不清楚與結巴。協助小書籤照顧圖書館木種子——彩花籽。

小小巫婆

外型雖然像小女孩，卻是個有高強魔法的巫婆，在本集故事向林捷與林宜兄妹提出威脅與挑戰，讓兄妹倆陷入困境中。

第一章

藍色小蝴蝶

當林宜一看到哥哥瞪大眼睛，無聲的張著嘴大喊：「一、二、三」，她發現自己的手心開始冒汗。林宜轉身快走之前，又看了一眼哥哥——他已經轉過身靠在書架前面，雙手在背後交叉，有節奏的輕輕晃動。她知道哥哥仍然繼續在數數兒，等數到一百的時候，他就會像頭尋找獵物的獅子，用銳利的眼光四處搜尋她的身影。

林宜感覺自己的心臟在胸口怦怦的加速跳動，猛烈的心跳聲，讓她很想拔腿快跑。不過，林宜只是盡可能快速的移動自己的腿，快步向前走，因為這是遊戲的規定，而且這裡是圖書館。

躲在哪裡好呢？每次玩捉迷藏，讓林宜最傷腦筋的問題，就是到底要躲在哪裡？林宜在書架之間行走——這裡是她家附近的大學圖書館，書架比學校圖書館的書架要高出許多——她緊貼在離哥哥不遠的幾排書架側邊，儘管心裡緊張極了，仍然偷偷的望著哥哥。林宜每次玩捉迷藏，總是習慣看見當鬼的人在哪裡，才覺得安心。在大學圖書館裡玩捉迷藏，最刺激的就是不能製造出任何的聲音；即使被當鬼的人捉住，也不能驚叫。林宜清楚記得，當她第一次被哥哥捉住肩膀的時候，嚇得心臟幾乎快跳出喉嚨；但是她得用力深呼吸，擠下已經卡在喉嚨的心臟，讓它回到胸口繼續跳動。

當然，發現當鬼的人正要接近自己的時候，也不能倉皇逃走。

100 -110
植物百科
猫科動物
LIBRARY
ABOUT DOG
STAR
STARS
DOOR
DOOR
BOOK

這些都是哥哥訂出來的遊戲規則。玩捉迷藏的只有林宜和哥哥兩個人，通常他們都是在看完書之後，準備回家之前玩捉迷藏，輸的人回家得幫贏的人做一件事。林宜在心裡暗暗下定決心，今天無論如何都不能輸，因為她已經連續輸了三次。

空氣裡有一股特別的味道，林宜知道，那是書的香味，爸爸書房裡的某些書，翻起來就有這樣的味道。她用力的吸一口氣，然後屏住氣息，把那含有書香味的空氣留在胸口——每次緊張的時候，林宜就會這麼做，然後在心裡默默的數著「一、二、三……」；只要數超過一百，哥哥沒找到她，就沒問題了。因為，在約定的時間內沒被「鬼」找到，就算贏了。

今天的圖書館顯得特別安靜，在書架間行走的人特別少。林宜一邊在心裡默默的數著，一邊機靈的轉動眼睛，不動聲色的觀察四周。林宜從身後的書架上選了一本書，她心裡想著：「如果躲在書架後假裝看書，或許哥哥不會發現我。」當她翻開書頁時，一股濃濃的舊書味撲鼻而來，眼前突然出現一隻拇指般大小的藍色小蝴蝶，優雅的揮著翅膀，在她的面前飛舞。林宜忍不住揉了揉眼睛，又望了望前方，她注意到前面窗戶的紗窗上破了個小洞，蝴蝶大概是從那裡飛進來的吧？

突然間，蝴蝶飛近林宜眼前，飛上她的鼻尖，緩緩的把小小的翅膀收起，豎直，一動也不動。林宜嚇了一大跳，蝴蝶居然停在自己的鼻子上！鼻尖雖然有點癢癢的，但是這是她第一次這麼近看著一隻蝴蝶。林宜瞇起眼睛，看著停在鼻尖的蝴蝶，蝴蝶翅膀上的鱗粉閃耀著和盛夏天空一樣的顏色，讓她忍不住輕輕的倒抽一口氣——林宜還驚訝的發現，這蝴蝶的氣味，和她翻開爸爸書架上最舊的一本書時，一模一樣。

第二章

黃尾巴蜻蜓

林捷用不快也不慢的速度，在心裡默默數到一百之後，回頭張望圖書館四周——妹妹果然已經躲起來了，不過，他可不擔心找不到人。雖然，只有他和雙胞胎妹妹林宜兩個人玩捉迷藏，有點無聊，不過自從他提議在圖書館裡玩捉迷藏，就增加了許多的樂趣。比方說有一回，他故意跑到樓下的閱報區，打開媽媽常看的水果日報，把自己的上半身遮住，然後在沙發上舒舒服服的坐著，不知不覺居然睡著了。等到他醒過來的時候，起身去找林宜，她的臉上掛滿緊張與焦慮，只差沒哭出來。林捷知道只要他再晚幾秒鐘出現，妹妹一定會在圖書館門口哭。不過，不知道是不是因為雙胞胎能心電感應，林捷總是能在林宜哭出來之前出現。

這一次，他主動說要當鬼；林捷知道，如果老是讓妹妹當鬼找不到他，妹妹一定很快就會厭倦這個遊戲。他們家裡住得離學校很遠，附近根本沒有同學可以一起玩。再加上暑假到了，如果妹妹也不跟自己玩，那豈不是悶死人了嗎？想到這裡，林捷脫下外套，放在桌子上。外套是紅色的，很引人注意；要不是媽媽說圖書館會開冷氣，堅持一定要他穿外套出門，他才不想穿呢。但他故意在裡面穿了灰色的T恤，圖書館裡的書架也是灰色的，妹妹的警覺性就不會那麼高了。接著，他在書架上挑了一本《金銀島》，抱著書在書架之間假裝找其他的書。林捷決定這一次先好好找出妹妹的藏身處，就近監視她，等到時間快到時再出現，贏得勝利。這樣，今天回家就可以叫妹妹幫他寫國語圈詞——林捷喜歡看書，不喜歡寫字。

林捷張大眼睛，四處環顧，他看不見林宜的蹤影——她會不會藏在哪一個書架後面呢？還是躲在書桌下面？從窗戶的百葉窗簾縫隙中，可以看得出來外面的陽光正強，足以把皮膚晒得通紅——暑假裡的每一天似乎都是如此。林捷注意到他面前從右邊數來的第三個窗戶，有一隻蜻蜓從百葉窗的縫隙飛進來！林捷瞇起眼睛仔細看，他確定那真的是一隻蜻蜓：細長的身體，透明的翅膀，在窗戶上停停飛飛；當蜻蜓停下來的時候，會微微的翹起亮黃的尾巴。林捷看得著了迷，就站在原地一動也不動。他發現原本停在窗戶上的小蜻蜓張開翅膀，向前面的書架飛去。也許是因為黃尾巴蜻蜓太罕見了，林捷的目光全都放在小蜻蜓上，他沒發現，其實妹妹林宜就在附近。林捷想向前一探究竟，卻發現黃尾巴蜻蜓直直的向著他飛來。

不知道為什麼，林捷心裡有一絲絲的緊張，他心想，如果蜻蜓飛到他面前，要不要捉住牠呢？

第三章

彩花籽

林宜盯著鼻子前的藍色小蝴蝶看了好一會兒，蝴蝶還是豎直翅膀，一動也不動。她已經不擔心哥哥會不會突然出現。此時，林宜全部的思緒，都被眼前這隻奇特的小蝴蝶占據。

「哦，看來，彩花籽很喜歡你呦。」有個細小的聲音在林宜的耳邊響起，林宜很想看看是誰對她說話，但是她又擔心只要稍稍一動，鼻子上那隻小蝴蝶就會翩翩飛走。

「記得，要好好保管喔，拜託你囉！」那個聲音很微小，卻十分清晰，字字句句都清楚的落在林宜的耳朵裡。

「要怎麼保管？」林宜很想問，不過她還是不敢開口說話。

「很簡單啦，只要有心愛的書就行了！」那個聲音彷彿聽見她心中的問題，立刻回答。

「心愛的書？」林宜還想再問，但是那個聲音突然消失了，而且消失得很澈底，就像突然被拔了插頭的收音機一樣。林宜覺得周遭陷入一片安靜。

林宜突然想到，手上拿的這本書，是今年夏天她最愛的書。從暑假的第一天開始，爸爸規定哥哥和她每天都得讀兩本書，暑假結束之前，得向爸爸報告讀了哪些書，還有最喜歡哪五本。暑假還有一個禮拜就結束了，林宜已經選出十本喜歡的書，她想從其中再選出三本。現在攤開在她眼前的是《愛麗絲夢遊仙境》，林宜非常喜歡這本書，她已經讀過三次。因為小蝴蝶突然飛過來，眼前的那一頁一直不能翻過去。不過林宜繼續在腦海裡想著接下來的故事情節，假裝自己跟著書裡的愛麗絲一起去冒險；她甚至幫自己在書裡增加「臺詞」；有時候她也會想像讓哥哥進入故事裡，然後趁機捉弄他一下。想著想著，林宜的嘴角不由自主的上揚，「噗嗤」笑了一聲。

「糟了，我的頭好像動了一下！」林宜在心裡驚叫的同時，她發現鼻尖的小蝴蝶連翅膀都沒張開，就直挺挺的從鼻尖落下來，像一片輕柔美麗的藍色花瓣，落在她攤開的那一頁書上，一動也不動！

第四章

遇見外星人？

當那隻黃尾巴蜻蜓直直的向著林捷飛來，林捷直覺的把手上的書放在書架上，並移動自己的腳步，彎下腰來，準備捉這隻蜻蜓。雖然他知道在圖書館裡捉蜻蜓並不適當，不過他為了玩捉迷藏，特別選了人最少的一層樓，應該沒關係才對。只是，當他想挪動腳跟時，腳底像是有個超強的大磁鐵，牢牢的吸住他的雙腳，讓他無法動彈。林捷很努力的想移動腳步，不過他用盡力氣，只能稍微彎一下左腳的膝蓋。

「這是怎麼一回事？和這隻蜻蜓有關係嗎？怎麼可能？這是書上

才會發生的事！」林捷忍不住雙手抱在胸口，偏著頭想。他隨即又發現自己移動上半身沒問題，只是下半身動不了。

「我一定要抓到你，小黃尾巴！」林捷低聲的喃喃自語。

「憑你要抓我，還早哩！」細微卻清楚的聲音，出現在林捷的耳朵附近。他困惑的四處張望，周遭一個人都沒有，是誰在說話？該不會是眼前即將飛近的小蜻蜓吧？

「不然還有誰呢？」那個聲音說。林捷感覺得到，那個聲音愈來愈清晰。他盡量彎曲自己的膝蓋，緊握雙拳，保持戒備的狀態。

「呼！終於可以休息啦！」那個聲音，彷彿就在林捷的耳朵裡，清楚到連呼吸聲都聽得見。

「小黃？是你嗎？你是誰？」林捷忍不住低聲開口問。

「我的名字可不叫做『小黃』，真是沒禮貌！」林捷突然發現，這聲音有點熟悉，好像聽過，卻又想不起來在哪裡聽過。

瞬間，他腦中浮現一個畫面：在學校的時候，曾經聽過一個穿著神氣制服的警察先生演講，內容是遇到被歹徒綁架時該如何

處理的例子；他提醒大家，如果遇到緊急的情況一定要鎮靜判斷情勢。只是，眼前沒有歹徒，又碰上如此詭異的事情，有股不祥的預感，像朵烏雲一樣在林捷的腦海裡盤據著。

「不會吧？我遇到外星人了？你要綁架我嗎？外星怪物？！」林捷試著挪動自己的腳，但腳依然像生了根一樣，一動也不能動。

「外星人？沒聽過！我才不想綁架你呢！」那個聲音聽起來懶洋洋的。

「那你告訴我，你到底是誰？叫什麼名字？從哪裡來？」林捷努力的想尋找黃色蜻蜓的蹤影，但是沒想到才一轉眼，已經不見蜻蜓的蹤影，不過依然可以聽到他的聲音。

「我的名字？你不是正在玩捉迷藏嗎？先找到我在哪裡，再告訴你吧！我現在很累，讓我睡一下。你可以動了！」那個聲音說完，居然發出沉沉的呼吸聲。林捷再次試著移動自己的腳，原本牢牢吸住腳底的力量消失了！林捷在原地跳了兩下，然後盯著自己的雙腳看了又看，這真是太神奇了！

第五章

再度飛翔的小蝴蝶

「怎麼辦？！」看到藍色小蝴蝶僵直的躺在自己的書上，林宜驚慌得不知如何是好。她心裡只有一個念頭，就是如果找到哥哥，他一定知道該怎麼辦。突然間，她發現小蝴蝶的翅膀慢慢的打開，「加油！小藍蝴蝶！」林宜忍不住為小蝴蝶打氣。好不容易，小蝴蝶終於張開美麗的藍色翅膀。

「飛吧！小蝴蝶！」林宜輕聲低語，然後輕輕的吹一口氣；藍色小蝴蝶似乎感受到了，牠虛弱而緩慢的揮動著翅膀，一次、兩次、三次，終於飛起來了！奇怪的是，小蝴蝶並沒有往上飛，而是往書頁裡鑽。林宜正想說：「不對！不對！」，卻發現小蝴蝶的藍色翅膀顏色變了！原本是亮麗的天空藍，瞬間變成彩虹七色，而且翅膀看起來有點透明。接著，小蝴蝶居然沒入書頁中，在紙張裡飛翔！飛進書中的小蝴蝶，在一行行的字間飛飛又停停，如同在繽紛的百花叢裡一樣欣喜，不再像之前那般虛弱無力，而是充滿精神；翅膀的色澤也愈來愈美麗，但是看起來卻愈來愈透明。

林宜忍不住伸出手指頭，輕輕的撫摸書裡小蝴蝶飛過的足跡，由左而右，從上到下——林宜驚訝的發現，小蝴蝶飛行的方向跟自己讀書的方向是一樣的！小蝴蝶正在讀這頁書嗎？這時，小蝴蝶終於飛到這一頁最後一個句子的最後一個字，接著停在句點上。

「要翻頁嗎？」林宜輕聲的問。小蝴蝶在句點上飛起來，又落下。於是，林宜小心翼翼的翻到下一頁，小蝴蝶果然跟著飛到下一頁，又開心的像吸花蜜一般，在每個字句間停停又飛飛。林宜一直用手指頭輕柔的跟著小蝴蝶；儘管這本書她已經讀過三次了，但是跟著小蝴蝶一起讀自己心愛的書，真是既新鮮又奇妙的經驗哪！

「原來你在這裡！」看到突然出現在眼前的雙胞胎哥哥林捷，林宜才想起來，她正在和哥哥玩捉迷藏。

「這是什麼？」林捷看到林宜手指著書裡正在飛舞的小蝴蝶。

「原來，你也看得見？」林宜驚訝的說。

「這裡有個蝴蝶形狀的黑影，好奇怪！」林捷一邊說，一邊用手

指頭摸了摸那一塊黑影。

「可是，我看見的是像彩虹一樣的七彩顏色。」林宜盯著書上的小蝴蝶看，小蝴蝶就停在林捷摸過的那一個句子，一動也不動；不過，翅膀的確是紅、橙、黃、綠、藍、靛、紫，七種顏色呀！

「因為，彩花籽和林宜讀了同一本書呦！」聽到這句話，林捷和林宜先環顧四周，發現空無一人，兩個人不約而同的對彼此說：「你也聽見了？！」

第六章

虛弱的圖書館員

「你是誰？」林宜睜大眼睛，張望四周，但是什麼都沒看見。

「小黃！你在哪裡？睡醒了就快點出來吧！」林捷一邊說，一邊翻出身上所有的口袋。

「我的名字不叫小黃。我說過，你們得先找到我，我才告訴你們我是誰。」那個聲音聽起來還是懶洋洋的。

林捷在翻遍身上所有的口袋之後，轉身背對林宜，說：「你幫我看看後面，有奇怪的東西嗎？」

「沒有！」林宜仔細的看了林捷的背後，還拍了拍他的肩膀。

「那頭髮上有沒有呢？」林捷又蹲下來，讓林宜檢查，林宜還是搖搖頭。

「喂！外星人！出個聲音，不然我們怎麼找到你嘛！」林捷說話時仍然不忘壓低自己的聲音。

「聽聲音？沒有用的！請用你的觀察力找找吧！」那個聲音說完，還「呵呵」笑了兩聲。

「請問，可以給我們一些提示嗎？」林宜怯怯的低聲說。

「嗯，還是妹妹比較有禮貌。那麼我就大方給個提示吧。我是個圖書館員，也是彩花籽的守護者——這個提示夠明顯了吧！」

「你是說你是這隻小蝴蝶的守護者？」林宜說。

「對呀！」那個聲音回答得很乾脆，聽起來心情不錯。

「那麼，你應該在這隻『黑影小蝴蝶』旁邊呀！」林捷接著說。

「不需要在旁邊，只要在附近就行了。快點找呀！找找看，我在哪兒呀？哈哈！」

「可惡！我一定會找到你的！」林捷低聲說，一邊環顧四周。

「哥！別動！那是什麼？」林宜突然按住林捷的肩膀，指了指之前被林捷順手放在書架上的《金銀島》。

「不就是一本書嗎？有什麼不對？」林捷望了望架上的書，一臉茫然。

「好像有一枝短鉛筆在上面，黃黑色相間，有點透明。」聽林宜這麼一說，林捷小心翼翼的拿起架上的書，仔細端詳。果然，封面上有一枝短短的黃色鉛筆；因為這本書的封面恰好是黃色的，所以他一直沒有注意到。

「請問，是你嗎？」林宜輕聲的問。

「沒錯！猜對了！你們好，我叫做小書籤，是圖書館木的一級館員，專門負責管理圖書館木種子，也就是彩花籽的守護者。可是，我

現在處於虛弱的狀態。」那枝黑黃相間的細小鉛筆，突然張開了透明的翅膀。

第七章

彩花籽的守護者

「哼！虛弱？虛弱還可以把我的腳定住不動？差點嚇死我了！」林捷滿臉不高興的說。

「如果按照我原來的功力，我可以讓你全身不能動，也不能說話呦。我剛剛睡了一覺，恢復了一些體力，功力應該還有八成，要不要試試看哪？」小書籤張開翅膀，又揮動兩下。

「不用了！不用了！」林捷連忙搖搖頭。

「小書籤，你為什麼處在虛弱的狀態呢？」林宜低頭仔細看著小書籤。乍看之下，張開翅膀的小書籤像隻蜻蜓，但其實身體的部分比較像枝袖珍短鉛筆——黑色的筆尖看起來像是小書籤的頭髮，眼睛像兩顆小星星一樣閃亮。

「因為忙著追彩花籽，所以忘了吃飯，也沒有好好睡覺。」小書籤有氣無力的說。林宜發現，其實小書籤是有眉毛的，只是很短，而且顏色又淺，只有在皺眉頭的時候，會出現一下。

「彩花籽飛到哪裡，你就得跟到哪裡？」林捷露出一臉不可思議的表情。

「沒錯，那是我的使命！彩花籽是圖書館木的種子，用人類的話來說，彩花籽是圖書館木的小孩；一旦彩花籽成熟了，就會發芽，長成一棵圖書館木。在彩花籽發芽長大之前，我都得好好的守護她才行！」小書籤用嚴肅的語氣說。

「那多累人呀！如果你跟丟了，彩花籽不見了，怎麼辦？」林捷忍不住好奇的問。

「唉，本來不應該這麼累人的，都是因為彩花籽貪玩，居然偷偷的溜到你們人類的圖書館！害我得在外頭跟著彩花籽四處亂飛。算一算，我已經七百五十年沒離開過圖書館木，在外頭待這麼久，真的是累死我了！」

「七百五十年？小書籤，你到底幾歲呀？」林宜問。

「而且你會為了彩花籽而離開那個什麼……圖書館木，彩花籽一定是很珍貴的東西。」林捷接著說。

小書籤點點頭：「彩花籽的確很特別，而且稀有。因為圖書館木一萬年才開一次花，一次只留下一顆種子——就是彩花籽。彩花籽要歷經一千年才會真正的成熟，期間她必須閱讀各式各樣的書籍才能長大，所以她才會受到林宜的書的吸引，跟林宜一起讀。至於我到底幾歲？沒特別算過耶，反正比七百五十歲多很多就是了。」說完，小書籤又是搖頭又是嘆氣。突然，他用力的吸了一口氣，眼睛發亮的四處搜尋。

「小書籤，你在找什麼呀？」林宜跟著小書籤的視線尋找。

「有一股好香的味道，聞起來好好吃。我的肚子快餓扁了！到底是……，哇！找到了！找到了！林宜！就是你！別動喔！」只見小書籤豎起翅膀，全速往林宜面前飛；快速揮動的翅膀甚至發出嗡嗡聲，讓林宜驚恐得拿起手上的書，迅速擋住自己的臉。

「喂！我妹妹的肉可一點都不好吃，你別亂來！」林捷立即衝到林宜面前，企圖阻擋小書籤。不過，小書籤卻敏捷的飛過林捷的肩膀，然後停在林宜擋在臉上的那本書的封面上，一動也不動。

第八章

關於圖書館木

「嗯，好吃！好吃！真是美味極了！果然沒錯！」只見小書籤以頭頂尖端的部分，刺入書的封面，如同蝴蝶吸吮花蜜似的。林宜雖然看不見發生了什麼事，不過她完全不敢動，直到小書籤大聲的說：「哇！終於吃飽啦！你可以把書放下囉！」她才慢慢的把書放下。

「你到底吃了什麼？」林捷看看妹妹手上的書，又看看小書籤。

「書的味道呀！林宜手上的那本書，被許多愛書人閱讀過，散發出香噴噴的氣味呢！雖然不知道是誰曾經打翻食物、灑到封面上，有一點油臭味，但是整本書，充滿各種愛書人閱讀後留下的豐沛情緒，有開心，有驚奇，有疑惑……，真是美味到極點！」小書籤摸摸肚子，一臉滿足的表情。

「書的氣味也能吃？真是不可思議！」林捷露出一臉難以置信的樣子。

「愛書人閱讀過書的氣味，就是我們的食物；尤其是被人們喜愛、長久流傳、不斷被閱讀的書籍，氣味更棒，就等同你們人類說的山珍海味！這對於來自圖書館木的我們來說，實在是不可多得的美食呀！」小書籤露出一臉陶醉的表情。

「奇怪，我聽過黑板樹、墨水樹、筆筒樹，就是沒聽過圖書館木。圖書館木到底是什麼？它是一棵樹嗎？」林捷忍不住問。

「圖書館木的外形的確是樹的樣子，不過嚴格來說，圖書館木不單單是樹，而是一個跟人類世界平行存在的世界，只是從來沒有人發現過。」小書籤的語氣變得嚴肅起來。

「為什麼？」林捷和林宜異口同聲的說。

「你們這對雙胞胎兄妹，雖然個性不太一樣，倒是滿有默契的嘛！我聽我的師父說過，他的師父曾經研讀過圖書館木的歷史。圖書館木裡也有數不盡的藏書，不過和你們人類圖書館裡收藏普通書籍不同，圖書館木裡的每一本書都是活的，讀者可以直接看到書中的事物，和書中人物對話。最特別的是，圖書館木還珍藏許多魔法書籍，人類可以透過這些書籍學習魔法。但是曾經有個心懷不軌的

人類學會了魔法，用魔法做了很多壞事，因此另一個功力深厚的魔法師，把圖書館木變成了會移動的樹木，讓人類找不到它的行蹤，才讓圖書館木逃脫滅絕的命運。一般的人類，也很難發現圖書館木的存在，人類自然也沒有機會學習魔法。

「原來，圖書館木就是一座活的圖書館，還收藏魔法書籍。那麼圖書館木裡，也像這個圖書館一樣，有這麼多的藏書嗎？」林宜問。

小書籤點點頭說：「是的。當年為了保護圖書館木的魔法師施了魔法，讓圖書館木看起來和一般的樹木沒什麼兩樣，其實圖書館木裡面的空間大得驚人，它真正的藏書量有多少，沒有人知道。」

「哇！」林捷和林宜同聲驚嘆，兩個人的眼睛都睜得又圓又大。

「好想親眼看看哪！」林宜滿臉期待的說。

「很抱歉，一般人類是不可能進入圖書館木的。不過，如果你們願意幫忙找出我徒弟，我可以考慮帶你們進圖書館木參觀。」小書籤眨眨眼睛。

「噢，原來，你接近我們，是有目的！」林捷雙手抱在胸口，若有所思的說。

「哼！我完全是為了保護彩花籽。彩花籽是珍貴的圖書館木種子，我得快點帶著彩花籽回到圖書館木，免得被壞人發現。要不是跟我一起來的那個笨徒弟在你們人類的圖書館迷路，到現在還不見蹤影，我才不用這麼低聲下氣的求你們幫忙呢！如果你們不想幫忙，也沒關係啦！」小書籤說話的語氣還是很強悍，下巴抬得高高的，讓林捷覺得這隻小蜻蜓真是高傲。

「小書籤，不是我們不想幫忙，只是，我和哥哥已經出門玩很久了，再不回家，我怕媽媽會擔心。」林宜一臉為難的說。

「你是指時間的問題嗎？這個就不必擔心了！從你們看見我的那一刻起，我就把時間定住不動囉。你們可以看看牆上的時鐘。」小書籤露出得意的笑容。

「咦，時鐘的秒針還是一直在移動，但是時間卻停在三點半！」林宜驚訝的說。

「是不是時鐘壞啦？」林捷抱持著懷疑的態度。

「才不是呢！你們可別小看我，我求學時，在『時間凍結術』這一門課，可是拿了滿分呢！」

林捷和林宜兄妹倆望著牆上的時鐘，秒針一圈又一圈的走著，但是時針和分針卻一動也不動，一分也不差的落在三點三十分。

第九章

叮叮咚咚小書丸

林捷和林宜目不轉睛的盯著牆上的時鐘看，直到他們確認時鐘一直停留在三點半。

林捷看看妹妹林宜，林宜點點頭，看起來沒有害怕的表情，他才開口說：「好吧！可是，要從哪裡開始找你的徒弟呢？總得給我們一些線索吧？」

「關於線索……，」小書籤低頭思考了許久，才抬頭說：「很遺憾，我不知道。」

「不知道？」

「唉，如果知道我的笨徒弟小書丸在何處，我就不必低聲下氣拜託你們，還要賭上我圖書館木一級館員的名譽，答應帶你們進圖書館木。」小書籤的聲音一下子虛弱了不少。

林宜指指自己手上的書，說：「用這本書，有沒有可能找出小書丸呢？」

「好辦法！小書丸那傢伙比我貪吃一百倍，這本書上有這麼香的氣味，怎麼可能不出現呢？」小書籤像是突然被灌飽氣的氣球，精神為之一振。

林捷提議：「走吧！我們先在圖書館逛一圈，或許小書丸就在圖書館裡面。」

「可是，彩花籽一直在書裡面，沒關係嗎？」林宜有些擔心的看著一直沒敢闔上的那一頁；美麗的彩花籽仍然張開翅膀，在書頁間自在快樂的飛舞漫遊。

「這本書應該是你心愛的書，對吧？」聽到小書籤這麼問，林宜用力的點點頭。

「彩花籽最喜歡被人類喜愛並用心閱讀的書本，放心，她會一直乖乖的待在裡面——就算把書闔起來，也沒關係喔！」小書籤這麼一說，林宜才放心的把書本輕輕闔上。

在時間靜止的圖書館裡，十分的安靜。林宜發現，連自己的腳步聲都消失了，只有氣味還留著——是濃厚的書氣味。

「時間停止之後，都是這麼安靜嗎？」林捷問。

「對呀，時間靜止，所有的活動都會停止——除了施魔法的人和被魔法包圍的人。咦？等一下！」小書籤的話還沒說完，突然振動翅膀飛到林宜的肩膀上說：「林捷，林宜，別再向前走了，先停下來。噓！」林捷兄妹一停下來就聽見一陣嗡嗡聲，在極安靜的圖書館裡顯得十分清晰。

「咦？這好像是蟲子揮動翅膀的聲音。」林捷一說完，有個小圓黑點，從前方筆直的衝向林宜手上的書，他如同被磁鐵的強大吸力牢牢吸住，一動也不動。

「嘿嘿，果然出現了！我那個不成材的徒弟！」小書籤停在林宜的肩膀上，然後靜止不動。

林捷低頭仔細端詳書上的小黑點：他有圓滾滾的身軀，六隻腳，翅膀是油亮亮的紫金色，上頭還有銀色小圓點；不過他的頭上和小書籤一樣，只有一支看起來尖尖的角。小黑點此刻也是以頭頂的尖角插入書

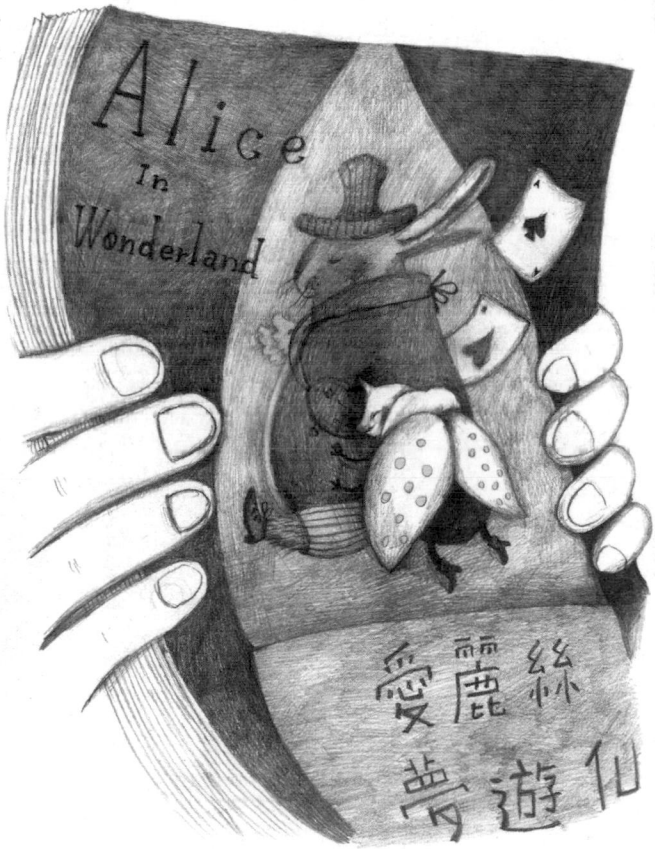

的封面，看起來是在享用大餐。

因為不敢驚動小書丸，大家沉默了足足有十分鐘之久。最後，林捷沉不住氣，忍不住問小書籤：「你不叫他嗎？」

「唉，你不了解，小書丸沒吃飽之前，就算是天打雷劈，也沒辦法讓他離開，只能等他吃飽了再說。」

「你的徒弟，是一隻金龜子嗎？」林捷好奇的問。

「小書丸就是小書丸，他是我小書籤的徒弟，圖書館木裡的實習圖書館員，不是金龜子！」小書籤抬頭挺胸的說，頭上那支短短的小尖角顯得十分尖銳。

「明明就很像呀！林宜你說，對不對？」

「以我們人類的角度來看，是很像啦！彩花籽是蝴蝶，小書籤你是蜻蜓，而小書丸是金龜子，都很可愛啦！」林宜盡量讓自己的語氣柔和，她不希望小書籤聽了覺得不舒服。

「嗯，就像我看到你們兩個，會想起在圖書館木裡遇到的兄妹——漢賽爾和葛蕾特。昨天我才看見他們在糖果屋門口吃冰淇淋小花呢！」

「你是說《格林童話》裡，遇見糖果屋巫婆的那對兄妹嗎？你真的親眼看見嗎？在哪裡？」林捷驚訝的問。

「對呀，就在圖書館木裡的童話書區。漢賽爾和葛蕾特兄妹就在這一區活動，如果我去那裡巡視，就會遇見他們。」小書籤說。

CANDY

「哇！可以親眼看見童話故事裡的人物和角色，等於是進入真正的童話世界，好棒！」林捷的臉上浮現嚮往的表情。

「那麼，你一定見過小紅帽和三隻小豬囉？」林宜說，她興奮得睜大眼睛。

「當然，我還見過羅賓漢、小熊維尼、愛麗絲……，只要是童話故事裡曾經出現的人物或角色，在這一區都可以看見喔。」小書籤一臉得意的看著林捷與林宜兄妹倆發亮的眼睛。

「叮！咚！叮咚！叮叮咚咚！」突然，一陣奇怪的叮咚聲響起。

林宜問：「這是什麼聲音呀？」

「是我的笨徒弟小書丸，他終於吃飽了！」小書籤邊說邊露出開心的表情。

林宜和林捷發現，不知道什麼時候小書丸已經轉過身來，抱著肚子坐在書的封面上，睜著圓圓亮亮的眼睛看著他們。

「叮咚，叮叮叮叮，叮咚叮咚，叮的哩咚咚，叮的哩咚咚！」小書丸一看到小書籤，搖頭晃腦的說了半天；林捷和林宜兄妹倆只聽見「叮咚」兩字，完全不了解小書丸想說什麼。林捷忍不住開口問：「請問，小書丸只會講『叮咚』這兩個字嗎？」

「唉，每次我那個笨徒弟吃太飽，就會變成這副德性。完全說不出話來，只會叮咚叮咚個不停，連我都聽不懂，真是氣死人了！」小書籤說完，立刻瞪大眼睛，生氣的指著小書丸說：「我問你，你剛才去哪裡？你不是應該跟在我和彩花籽身邊的嗎？咦？你看起來怪怪的？啊！頭上的芽門不見了！怎麼會這樣？快點說，到底發生了什麼事！」

「巫婆，叮，比賽，咚，芽門，還，咚咚咚！」小書丸費盡氣力的說。

「巫婆？巫婆應該都待在圖書館木的魔法書區裡，怎麼可能跑出來？比賽又跟芽門有什麼關係？真是豈有此理！」小書籤氣呼呼的說。

「小書籤，『芽門』是什麼？是很重要的東西嗎？」林捷問。

「芽門能夠提供幫助彩花籽成長的重要養分，如果芽門不見了，彩花籽會因為營養不良而慢慢死亡，當然很重要呀！」小書籤激動萬分的說。

「小書籤，你別急，小書丸也想把話說清楚，只是太緊張了，說不出來。小書丸，你的意思是因為和巫婆比賽的關係，所以芽門不見了，是嗎？」林宜看著小書丸說。

「餓餓，咚，撞到頭，咚咚，芽門掉了，叮，巫婆拿走，叮叮，比賽就還我。」這一次小書丸放慢了說話的速度，果然能說出來的字詞變多了。

「你是說你的肚子餓了，頭昏昏的撞到東西，芽門就掉下來，結果被一個巫婆撿到了，她說要跟她比賽才可以把芽門還給你，是嗎？」小書籤說完，小書丸用力的點點頭。

「看來，只好相信他了，不然也沒別的辦法！要等他能把事情解釋清楚，恐怕要等更久。我們還是先回圖書館木，尋找芽門的下落。」小書籤說完，隨即飛上林宜手上那本書。

小書丸也快速的揮動翅膀，飛上林捷的肩膀上，說了聲：「叮咚！發！發！」。

「出發？」林捷偏著頭看了一下肩膀。像個閃亮小圓鈕釦的小書丸，直點頭說：「四的，四的，叮咚！叮咚！」

「該往哪裡走？」林捷問。

「這泥，叮咚！」小書丸隨即飛離林捷的肩膀，飛向左方。

就在他們走向左方之後，不知道從哪裡溜進來白茫茫的霧氣，尾隨在他們身後，逐漸占據整座圖書館。

第十章

棒棒糖果園

「奇怪，什麼時候開始起霧啦？我怎麼沒發現？」林捷突然意識到自己被白茫茫的霧包圍著。幸好在前方飛行的小書丸，奮力的拍打著小翅膀，發散紫金色的亮光，讓林捷勉強知道前進的方向。林宜則是把書抱在胸前，緊緊跟在林捷後面。

小書籤似乎讀出了林宜心中的焦慮不安，體貼的說：「別擔心，前面有小書丸帶路，還有我殿後，不會走丟的！」

「叮咚！叮咚！」小書丸突然停在前方不再前進，然後回頭飛到林捷的肩膀上。林捷意識到前面一定有什麼特殊的狀況——難道是小書丸說的巫婆出現了嗎？林捷從來沒有見過巫婆，他突然覺得有點緊張。

「小書丸，你看到了什麼？」林捷覺得心跳加速，喉嚨有些發緊，手心開始冒汗，全身的神經緊繃起來。前面依舊白茫茫一片，什麼都看不見。不過，他知道，前面一定有東西擋住小書丸的去路。林捷把手插進口袋，摸了摸口袋裡的鑰匙串，突然想起鑰匙圈上有個小小的手電筒。他拿出小手電筒，按了一下按鈕，有一道小小的光束出現；林捷立即把那道光束射向前方，那道光束如同利劍，似乎驅散了一些霧氣。不久，前面出現一個小影子，看起來像是六、七歲左右的小女孩，正向著林捷走來。

「你踩到線了！」小女孩終於來到林捷面前，用又黑又亮的眼睛盯著林捷說。

「踩線？什麼線？」林捷低頭看著地上，地上果然有一條長長的、黑色的線。

「巫婆，叮咚！叮咚！芽門，拿！」小書丸突然變得激動起來。

「你是說這個小女孩是巫婆？就是她拿走了小書丸頭上的芽門？」林捷問。

「小書丸，你別多嘴！」小女孩狠狠的瞪了小書丸一眼，轉向林捷說：「你這個人類，也別礙事！」

「先告訴我，你叫什麼名字？為什麼要偷小書丸的芽門呢？」林捷仔細看了一下小女孩，她的頭髮烏黑亮麗，並穿著一件黑色洋裝，洋裝長得幾乎垂到地上，手上還抱著一個髒兮兮的布娃娃。

「喂！小小巫婆！為什麼你會出現在這裡？」小書籤飛向前，眼神充滿戒備與怒氣。

「小書籤，她真的是巫婆？」林宜雖然沒有看過真的巫婆，但是根據她讀過那麼多故事的經驗，巫婆多半應該是老太太才對呀，怎麼會是個小女孩？這讓林宜驚訝得張大了嘴巴。

「呵！呵！呵！沒錯！我就是巫婆，我叫做小小，我是小小巫婆。」小女孩張開嘴巴，露出笑容。林宜發現，她和剛上一年級的鄰居小梅一樣，缺了兩顆門牙。

「小小巫婆，別囉唆，快點告訴我芽門在哪裡？」小書籤不客氣的說。

小小巫婆冷笑一聲，說：「是小書丸自己把芽門弄丟的，我只是剛好經過，順手撿起芽門而已。本來，我只想和身為小書丸師父的你，面對面解決這個問題，沒想到你們居然帶了人類來找芽門，還讓這個人類踩了我畫的警戒線，這樣就沒什麼好談的！想要拿回芽門，就得遵守巫婆的規則——讓這兩個人類跟我比賽，如果他們贏了，我就馬上交回芽門！」說完，小小巫婆轉向林捷與林宜兄妹：「人類，如果不願意比賽，我會用魔法把你們兩個變成石頭，永遠留在圖書館木裡，動彈不得！」她露出凶惡的眼神看著兄妹倆。

林捷和林宜不安的看了一下小書籤，小書籤飛到地面看了一下，又飛上來，表情為難的說：「林捷，這件事本來應該由我和小小巫婆自行解決，不過你的確踩到巫婆設的警戒線。我知道你不是故意的，不過，很抱歉，身為圖書館木一級館員，我必須尊重巫婆設定的規則。為了拿回芽門，只能拜託你了！」

「如果我們堅持不跟巫婆比賽，我們真的會變成石頭，永遠不能回家嗎？」林宜露出擔心的神色。

「根據圖書館木的規則，的確是這樣。真的很抱歉，我不能干預。」小書籤的臉色變得十分凝重。

小小巫婆撥了撥蓋住眉毛的頭髮，說：「哼！總算有個懂規矩的人說話了。快說，到底要不要跟我一決勝負？」

「看來我們沒有選擇，要比賽什麼，快說吧！」林捷知道自己必須勇敢，不然妹妹會更緊張害怕。林捷牽起妹妹的手，果然發現她的手心開始冒汗。

「很簡單，你們必須和我比賽，看誰先在棒棒糖果園裡種出一本書。如果你們贏過我，我當然無條件還回芽門；不過如果輸了，你們兩個人類就會變成石頭，永遠被困在這裡！」小小巫婆說完，又張開嘴笑了。

「種出一本書？書是人寫出來的吧？哪有人種書？」林捷完全無法理解小小巫婆的話。

「這就要靠你自己想辦法，反正種不出書，就休想拿回芽門，你也永遠不能回到你的世界！霧來了，霧散去，變！變！變！愛書人來了，棒棒糖果園在這裡！」小小巫婆說完，拿起手上的破布娃娃一揮，身旁的霧逐漸散去。讓林捷驚訝的是，眼前出現了一大片果園，每一棵果樹上結滿各

式各樣的棒棒糖。空氣中頓時充滿各種香甜的氣味，林捷和林宜聞到了巧克力、草莓、香草和柳橙的香氣。

「這裡就是圖書館木嗎？」林宜的眼裡充滿驚奇和疑問。

「沒錯，這裡是圖書館木裡的童話書區。小書籤也太大意了，居然帶你們人類闖入我們的世界，讓圖書館木陷入曝光的危機之中。」小小巫婆說話的時候帶著敵意。接著，她的語氣一變，咧嘴笑著說：「事到如今，無論你從哪裡來，答應我的事就不能後悔！否則後果自己承擔！呵！呵！」小小巫婆的笑聲不同於電視裡乾乾癟癟的老巫婆笑聲，既清脆又響亮；她同時把手上的布娃娃擲向空中。

被小小巫婆丟向空中的布娃娃落到地上後，居然搖搖晃晃的走進棒棒糖果園，左手提著一個水桶，右手拿著一把鏟子，找到一塊空地，開始挖土、埋種子、澆水。

「我只種過綠豆和紅豆，最多幫媽媽的花園澆花，但從來沒種過可以長出書的植物哪！」林捷焦急的說。

「怎麼辦？我們要怎麼開始呢？」林宜同樣一臉擔心。

「要種出書來，就必須使用書菜種子；有了書菜種子，就可以種出書果木，結出書果實——也就是小小巫婆口中的『書』。但是據我所知，圖書館木裡的唯一一顆書菜種子在五百五十九年前就被偷走了。」小書籤一臉沉重的說。

「那表示書菜種子在圖書館木以外的地方囉！這樣我們還是有希

望呀！」林捷說。

「問題是要在圖書館木以外的地方找到書菜種子，是一件很困難的事。每年圖書館木管理委員會，都會派出圖書館員尋找書菜種子，但因為缺乏線索，所以總是徒勞無功。」小書籤說完，重重的嘆了一口氣。

「原來如此……。唉！」林捷的嘴角因為失望喪氣而下垂。

「叮！這裡！書！咚！味道，香！香！」林捷注意到，小書丸正瘋狂的繞著林宜手上的書飛個不停。

「用這本書嗎？」林宜一臉疑惑的望著小書籤，小書籤的眼神瞬間亮起來，用力的點點頭說：「多虧小書丸提醒，我差點忘了書菜種子可以用書找到。小書丸的嗅覺特別靈敏，說不定這本書裡就有書菜種子！」

「林宜手上的書有什麼特別之處嗎？為什麼書菜種子會在裡面？」林捷問。

「書菜種子喜歡躲在常被人閱讀的書中，吸取養分。我猜想彩花籽也是因為這是林宜的愛書，所以捨不得離開這本書。如果真的可以藉著這本書找到書菜種子，就太好了！」小書籤的目光現在完全集中在林宜雙手環抱的那本書上。

「可是，彩花籽在裡面……」林宜十分猶豫，把書抱得更緊。

「別擔心，就是因為彩花籽在裡面，才更有機會找到書菜種子！」小書籤對林宜說。

「找？怎麼找呢？」林宜疑惑的看著手上的書，小心翼翼的翻頁瀏覽；彩花籽的影子，也隨著林宜翻閱的節奏在書頁間跳動。

「有什麼發現嗎？」林捷心急的問。林宜失望的搖搖頭，把書遞給林捷，說：「哥，你找找看。不過要小心喔，不要傷害到彩花籽。」

林捷接過書，快速的來回翻頁，甚至還拎起書背，用力的甩一甩，希望書裡掉出東西來，但是依然一無所獲。

接著，林捷似乎想到了什麼，看著小書籤說：「要找出書菜種子，會不會需要使用魔法？」

小書籤想了一想，說：「需要魔法，但是也不全然靠的是魔法——要吸引書菜種子，最重要的是一顆愛書人的心。」

「愛書人的心？那我們應該要怎麼做？」林宜用求救的眼神看著小書籤。

小書籤一臉無奈的說：「我也沒辦法確定這本書裡，一定會有書菜種子，但礙於這是巫婆的規則，我完全不能插手，只能祈求圖書館木之神助你們一臂之力了！」

眼看著離林捷和林宜不遠的地方，小小巫婆已經成功的在空地上種出一棵小樹苗，而小樹苗正以驚人的速度迅速抽高、成長。而兄妹倆還想不出任何找出書菜種子的辦法，他們的心情像落入深淵一樣無助。

兄妹倆沉默了好一會兒，林宜開口問：「小書籤，請問一下，書菜種子長什麼樣子呢？」

「真抱歉，我從來沒看過書菜種子。不過根據《珍奇圖書館木植物大全》裡描述，書菜種子會因為環境的不同而變化成不同的形狀或是生物。因為它和彩花籽一樣，容易被書香和愛書人吸引，如果停留在書中，有時候會

變成書中的某一個字，甚至是一句話。」

「好特別呀！真希望能親眼看到書菜種子！」林宜說。

「沒時間了！讓我再試試看吧！」林捷再次翻了翻書，搖一搖，拍一拍，甚至抱著書跳一跳；一不小心，書掉落地面，林宜驚呼：「哥，你太粗魯了！嚇到彩花籽了！」林捷這才發現有一隻藍色的小蝴蝶快速的揮動翅膀從書中飛出來，她先撞到一株像紅色玫瑰的棒棒糖花，然後又急急忙忙的飛向林宜，最後停在林宜的肩膀上。

「都是我太心急了！對不起！」林捷慎重的鞠躬，向彩花籽道歉，然後四處張望，找了塊空地坐下。

「哥，你現在要做什麼呢？」林宜問。

「爸爸常說，再著急也解決不了問題，我決定先讀一讀這本書，讓自己的心冷靜下來再說。」每次林捷遇到一時無法解決的事或是問題，他習慣拿本書閱讀，讓他進入另一個世界，可以暫時忘掉煩惱。當林捷打開書開始閱讀時，他發現彩花籽居然飛到他的眼前，然後停在第一章的標題〈掉進兔子洞〉的「兔」字上。彩花籽的翅膀震動速度變慢，接著開始從藍色變成粉藍色，然後轉成粉紫色，再轉成粉紅色。

「看起來彩花籽也想和哥哥一起讀這本書呢！」林宜想起彩花籽和自己也共讀過這本書，不禁露出了微笑。突然間她發現標題的另一個字有點奇怪，一邊用手指摸了摸書頁上的字，一邊說：「哥，你看『洞』這個字的三點水，變成四點；多出來的一點，會不會是有人惡作劇，故意用筆加上去的呢？」

「真的耶！我剛剛看彩花籽的翅膀顏色變化，看得入迷了，都沒發現這個字多了一點。咦，這一點雖然是黑色，但是看起來特別亮，跟一般的墨水顏色不太一樣。」林捷忍不住也伸出食指，輕輕的觸摸。不過，他

突然發現這個黑點好像稍微移動了一下。林捷警戒的抬頭看了林宜、小書籤和小書丸，說：「我覺得……這個點剛剛好像移動了位置。」

「莫非這是……」小書籤也忍不住湊近書頁瞧一瞧，那個小黑點果然又動了一下。這下子連小書丸也激動的說：「書菜！菜！菜！咚！咚！」

「這真的是書菜種子嗎？小書籤，接下來要怎麼辦呢？要怎麼樣才能把書菜種子種在土壤裡，讓它發芽、長大呢？」林宜的心情很激動，也有些緊張，但是她擔心嚇跑書菜種子，只能壓低聲音說話。

「不要緊張，林捷，請你繼續閱讀——書菜種子和彩花籽一樣，都喜歡和愛書人一起閱讀——你只要投注自己的心在書中，書菜種子一定會感受到的！」聽到小書籤這麼說，林宜開口問：「如果我和哥哥一起讀呢？可以嗎？」

「當然可以！說不定效果會更好！」小書籤點點頭說。

林宜立刻坐在林捷旁邊，兄妹兩人一起共讀，很快就沉浸在愛麗絲跟著兔子先生掉入洞穴之後，經歷的奇異世界。彩花籽鑽入書頁裡，在字句之間翩翩飛行；林捷和林宜也發現那個小黑點，緊跟在彩花籽之後，逐字逐句的跳動。當讀到愛麗絲喝下藥水，身體突然變小的那一段情節，兄妹兩人都覺得十分有趣，他們也發現彩花籽和書菜種子在那一段的文字裡跳動得特別活潑。兄妹兩人抬起頭來相視而笑，不約而同的說：「好有趣！」此時，書頁中突然飛散出亮晶晶的粉末，起先只有一點點，後來愈來愈多。

「這是怎麼回事？是我們嚇到彩花籽和書菜種子嗎？」林宜擔心的問。

「發芽！發芽！咚！」小書丸在亮晶晶的粉末中飛行，看起來很高興。林捷這才注意到這些粉末閃耀著炫麗七彩色澤，像是被陽光照射後的泡泡上產生的美麗七彩顏色。同時，林捷和林宜聽見有細微的「嗶嗶剝剝」聲從地下冒出。林捷蹲下仔細盯著地面看，有一抹細小的銀色芽點從土壤探出頭；林捷又注意到，小書丸的飛行路線從繞圈圈，變成上下來回的飛，好像急著想把土裡的小芽兒拉高、拉長。果然，銀色小芽兒奮力的鑽出堅硬的泥土，抬頭挺胸努力往上長。

兄妹倆開心的同時開口：「是書菜種子發芽了嗎？」

小書籤點點頭說：「沒錯，太好了！我們得想辦法讓書菜種子長快一點！林宜，你很喜歡這本書嗎？」林宜肯定的點點頭。

「那麼請你為書菜種子大聲朗讀，果樹會長得更快、更好喔！」聽到小書籤這麼說，林宜迅速的翻開剛剛欣賞種子發芽時闔上的書。

「太幸運了！一翻就是我最喜歡的一頁呢！」林宜對著小書籤露出笑容，然後開始大聲的朗讀。林宜的心思太專注在她喜愛的情節與文字之中，她沒有注意到她所唸過的每一個字，都化成一陣輕柔的風，吹拂過樹苗的銀色葉片，形成一陣陣美麗亮眼的銀色波浪。林宜也沒發現小樹苗以驚人的速度迅速的長高，抽出枝葉。

當林宜唸完一頁，再抬起頭來，她驚覺自己居然坐在一棵銀色大樹下。

林宜發現，當她大聲朗讀書本中的故事時，彩花籽依然在書頁中快樂的飛翔，但是小黑點已經消失了。她真的很難相信，剛剛書中那個如同墨汁滴落的小黑點，會在這麼短的時間裡發芽、長大，變成這麼美麗的一棵大樹。真的是太神奇了！

第十一章

讓人嚇一跳的書

林捷和林宜同時抬起頭來看這棵奇特的銀色大樹。在棒棒糖果園裡，這棵大樹顯得十分突出而且特別，因為大樹比周圍的棒棒糖果樹高出好幾十倍。

「好感動喔！這是我生平第一次親眼看到書菜種子發芽，而且還長成如此健壯美麗的書果木！」小書籤感性的說，眼睛散發著光芒。

小書丸接著說：「香噴噴！香噴噴！叮咚！」

林捷好奇的問：「小書丸是指書果木很香嗎？我沒有聞到植物的香味，只聞到棒棒糖的甜味。」

「是呀，小書丸的嗅覺和你們不一樣，他對書的氣味特別敏感。等一下書果木就要開花了，書上記載書果木開出的花朵特別香，小書丸一定會開心到發瘋！」小書籤說。

突然，林捷驚訝的大叫：「彩花籽從書裡飛出來了！」

「彩花籽！你要去哪裡？」林宜也跟著大叫。

「因為書果木就要開花了，彩花籽最喜歡銀色七彩花的香氣與花蜜了！」小書籤一邊說，一邊興奮的快速拍動翅膀；小書丸的翅膀更是以瘋狂的速度拍動。

彩花籽揮舞著七彩的翅膀，穿梭在銀色的樹梢之間；不一會兒，潔白的花苞如同初生嬰兒，一朵朵從枝葉間探出嬌嫩的臉頰，然後彷彿約定好似的，在同一時間綻放。

「哇！」林捷與林宜兄妹，同時張開口驚嘆；兩個人目不轉睛的看著心型七彩花瓣按照紅、橙、黃、綠、藍、靛、紫的順序，一一綻放，中心的細長花蕊閃耀著銀白色光芒。

「哥，你聞！好香喔！」林宜發現空氣中頓時充滿翻開新書時的紙張香氣；她十分喜歡書的氣味，忍不住閉上眼睛，深深吸了幾口氣。彩花籽優遊在花海之中，四處吸取花蜜；小書籤和小書丸也開心的享用芬芳的氣味。

「糟了！彩花籽不見了！」林捷突然大聲說。原來他的視線一直追隨著彩花籽的七彩翅膀。

「林捷，別擔心。花正盛開，彩花籽一定還在這棵樹的某處，期待接下來的七彩花瓣雨。根據《珍奇圖書館木植物大全》裡的記載，花盛開之後，就會落下七彩花瓣雨，紛飛的美麗花瓣奇景，美到讓人永遠難忘！」小書籤一臉期待的說。

就在兄妹兩人仰著頭，四處張望尋找彩花籽的時候，天空落下了紅色的花瓣。

「好像下起紅色的雪呢！」林宜張開雙手，盛接紛紛飄落的紅色花瓣，然後湊近鼻子聞聞看——是好聞的紙張味道。

林捷也張開雙手，接住不少花瓣；他仔細的觀察花瓣，半透明的花瓣裡有細緻的銀色條紋。「我猜接下來是橙色！」

果然，如林捷所料，紅色花瓣之後，從天而降的是橙色花瓣，然後是黃色花瓣、綠色花瓣、藍色花瓣、靛色花瓣、紫色花瓣，整片果園都是七彩的花瓣，散發出濃濃的書香。林捷和林宜兩個人被眼前的美麗景象深深吸引，忘了原來的擔心與焦慮。

「就要開始囉！」小書籤說話的口氣變得神祕兮兮。

「開，始，咚！」林捷覺得連小書丸的語調也變得怪怪的。

「開始？什麼開始？」林捷問。

「你們看！七彩花瓣雨下完之後，就要開始結果實了！」小書籤壓低聲音說。

林捷和林宜抬頭看，所有的花瓣都已經掉落，連葉子也掉光了，只剩下銀色的樹枝與樹幹。

「還有一朵花耶！」林捷突然指向前方，林宜仔細看，眼睛發亮的說：「是彩花籽！」彩花籽張開翅膀，像一個漂亮的芭蕾舞者，緩慢而優美的在枝椏間飛舞。

「你們看！彩花籽只繞著那根樹枝跳舞耶！」林捷忍不住說出他的觀察，不過小書籤和林宜同時對

他說：「噓！」連小書丸都安靜無聲，所有的人專注的看著彩花籽的一舉一動。

不久，被彩花籽圍繞的樹枝末端，結出一個小小的銀色果實。彩花籽的舞蹈，彷彿是促進果實成長的最佳養分；果實很快的長大，顏色也從銀色轉變為紅色、橙色、黃色、綠色、藍色、靛色。當果實變成紫色的時候，突然發出「迸」的一聲，有一個小女孩從果實裡跳出來。

「這不是小小巫婆嗎？她怎麼會在這裡？」林捷瞪大眼睛說。

林宜接著說：「我以為書果木的果實，會長出一本書？」

小書籤皺了皺眉頭，點點頭說：「沒錯！她的確是書！」

第十二章

原來如此

看著眼前這個從書果木跳出來的小女孩，林捷忍不住說：「這個巫婆是『一本書』？」林捷的眼睛瞪得很大，說話的聲調也提高許多。

「沒錯！不過……」小書籤的話還沒說完，從果實裡迸出來的巫婆開口說話了：「我才不是小小，我是大大。我比小小高零點零一公分，早出生零點零一秒！我是姊姊，她是妹妹！呼！感謝圖書館木之神的庇佑，我終於擺脫那個可惡的偷書賊了！」

「姊姊！你回來了！」小小巫婆對著大大巫婆說。她滿臉欣喜，眼睛裡卻含著淚光。

「原來和我們一樣，是雙胞胎呀！」林捷和林宜不約而同的說。

「沒錯，她們是雙胞胎，也是魔法書區裡最特別的版本——活人書。活人書雖然不像書本一樣可以翻閱，不過你可以直接請教他們與魔法相關的珍貴知識，所以他們被視為圖書館木裡最寶貴的書。大大巫婆在一百四十九年前被人從圖書館木裡偷走，從此下落不明。」

小小巫婆接著說：「沒錯！我已經找了一百四十九年，好不容易打聽到用書菜種子種出的書果木，能夠把姊姊找回來。」

「既然你已經知道能夠找到大大巫婆的辦法，你為什麼不自己種出書果木？又為什麼要搶走小書丸頭上的芽門呢？」小書籤滿臉怒氣的說。

「對不起！」小小巫婆鄭重的對著小書籤和小書丸彎腰一鞠躬，然後繼續說：「我查過圖書館木裡的《尋人魔法事典》，裡面的確記載，書果木可以找到遺失的活人書；但書上也說明，彩花籽和愛書人是種出書果木的必要條件。我觀察過了，這對兄妹都是愛書的小孩，應該有利於我找回大大巫婆。所以我才會趁彩花籽流落人類世界時搶走芽門，藉此引誘你們回到圖書館木。萬萬沒想到這麼順利就找到姊姊，真是太好了！」小小巫婆說完，張開雙臂緊緊的擁抱大大巫婆，露出缺了門牙，但是滿足無比的笑容。

「好吧，念在你是為了尋找姊姊，我就不跟你計較。只要你快把芽門還來，我就原諒你！」小書籤臉上的怒氣緩和許多。

「還來！還來！」小書丸也在一旁幫腔。林捷和林宜發現這次小書丸說話清楚許多，終於沒有出現叮咚的聲音了。

「小書丸，對不起！」小小巫婆從手上的破布娃娃手裡，拿出一個不起眼的小圓圈。她把圓圈套在小書丸的頭上後，

圓圈自動包住小書丸頭上的尖角，如同指環般牢牢的套在上面。不一會兒，小書丸的尖角底部，長出一顆耀眼的綠色寶石。

林宜看了一下說：「好漂亮！雖然是綠色的寶石，但是仔細看，裡面有各種顏色在閃閃發亮！」

小書籤鬆了一口氣，說：「太好了，終於完成任務了！」

「太好了！」小書丸也開心的張開翅膀。

此時，林捷突然想起自己還身在圖書館木裡。他心裡有點擔心，張望著四周，想看看哪裡有時鐘。

「你放心，時間還在凍結的狀態喔！」小書籤看出林捷在擔心什麼。

「謝謝你們的幫忙，讓我們姊妹可以團聚。以後如果你們有需要，我們可以無條件讓你們借出去三次喔！」大大巫婆慎重的說完，接著又說：「我精通的是大地魔法咒語——呼風喚雨、讓植物生長，都難不倒我；還有治疑難雜症的咒語，我也很在行。」

小小巫婆接著說：「我精通的是童話故事咒語，童話故事裡出現過的咒語，我都會喔！還有，為了找姊姊，我練了很久的尋人和追蹤咒語，現在也很擅長喔。」

「所以壞人把大大巫婆偷走，是為了學會大地咒語嗎？還是為了治疑難雜症的咒語呢？」林捷問。

大大巫婆茫然的搖搖頭說：「不知道。」

小書籤接著問：「大大巫婆，當初是誰把你借出來的呢？」

大大巫婆抓了抓頭髮，說：「這個嘛，我也不知道！」

「不知道？怎麼可能？」小書籤和小小巫婆同時驚呼。

「當年我接到圖書預約單之後，就直接到指定地點『祕密花園』，等待預約的讀者；但是我才剛到祕密花園的玫瑰花叢前面，就被人從後面敲昏了頭。我恢復意識之後，發現自己被關在一個又窄又黑的房間裡。那個把我綁走的人只說需要我的幫助，但是必須等他得到另外兩樣東西才行。」

小小巫婆表情嚴肅的說：「當時我查到預約單上的名字是三隻小豬中的豬大哥，他說他的確填寫了預約單打算借出大大，想請教大大如何對付大野狼吹來的風。但是他記得他填的地點是他自己蓋的茅草屋前面，等了好久，都沒等到大大。後來還被圖書館木管理委員盤查了好久，他覺得很倒楣。」

聽了大小巫婆的描述，林捷說：「一定是有人偷偷更改了預約單。啊！會不會是大野狼怕豬大哥學會對抗狂風的魔法，所以把大大巫婆偷走呢？」聽到林捷的推論，小小巫婆立刻用力點頭說：「沒錯，我一開始也是這樣推測，但是大野狼有不在場證明——他說那天他去迷路市場逛街，根本不在圖書館木裡。我去調查過了，大野狼有申請外出單，迷路市場裡也有很多人可以證明大野狼說的話沒錯。」

「大野狼當天不在圖書館木裡？換句話說，迷路市場不在圖書館木裡，對嗎？」林捷好奇的問。

「我忘了你們兩個是人類，不知道迷路市場的存在。事實上，除了你們人類的世界，還有一個魔法世界。魔法世界裡住的大部分是魔法師和具有魔法的生物。魔法師會到圖書館木裡借閱魔法書，而圖書館木裡的居民，有時候也會到魔法世界逛逛。」小小巫婆耐心的解釋。

「原來如此！」林宜點點頭。

大大巫婆低頭想了很久，皺著眉頭說：「我也不認為是大野狼把我綁走。因為要困住我，必須要有魔法的知識；大野狼不過是個力氣很大、想用暴力抓住小豬的童話人物，沒那麼大的能耐。我一定要想辦法找出那個可惡的偷書賊！」

「沒錯，能把大大藏了一百多年，不讓圖書館木的一級圖書館員找到，應該不是個普通的人物。我也會繼續追查這件事。大大，真抱歉，現在才找到你。」小書籤對大大巫婆行了一鞠躬，小書丸也跟著點點頭。

「沒關係，謝謝林捷和林宜的幫忙，才能讓我靠書果木把姊姊找回來。還有彩花籽，謝謝你！」小小巫婆看著大家，露出滿足快樂的笑容。

大大巫婆也笑著說：「是呀，你們兩個以後遇到困難，需要我們姊妹幫忙的時候，記得大聲呼喊：『大小巫婆姊妹』，我們就會出現，為你們效勞。」

林捷和林宜驚喜的對望了一眼，然後同聲說：「謝謝！」

第十三章 收拾善後

當大家沉浸在找到大大巫婆的喜悅中，小書籤突然臉色一變，用嚴肅的口氣說：「小小巫婆，我顧念你是為了找回大大巫婆，所以不會把你偷芽門的違規行為，呈報圖書館木的調查組。但是我以圖書館木一級館員的身分，命令你們立即收拾善後！」

大小巫婆姊妹聽了小書籤的話，彎腰鞠躬，十分恭敬的回答：「是的，遵命！」說完，兩個巫婆立刻變出兩支掃把，開始在書果木周圍掃地。在「沙沙沙」的掃地聲中，原本掉落一地的花瓣與葉子全部如同繽紛的彩蝶，回到樹枝上；歸位的花瓣又全部閉合，成為花苞，然後消失。樹葉逐漸縮小，回到葉芽的狀態；樹幹也逐漸縮小，最後成為嫩芽，縮回土壤中。接著，大大巫婆把自己的掃把在空中轉了三大圈，小小巫婆把自己的掃把在空中轉了三小圈，兩人的掃把分別變成一把小刷子。大小巫婆蹲下來，以極輕的力道來回的刷掃地面，小小巫婆突然伸出手朝空中用力一握，露出開心的笑容說：「呼，終於把書果木再恢復成種子的狀態！報告圖書館木一級館員，我們會把書菜種子收回圖書館木的種子書區。」大大巫婆小心翼翼的拿出一個小空瓶，讓小小巫婆把手中的種子倒入其中。林捷和林宜特別仔細的看，有一個比蚊子還小的黑點，在玻璃瓶裡飛來飛去。

「嗯，雖然這棵書果木經過這次開花結果後，必須等一千年才能再開花結果。但是書果木的種子仍然是很稀有的魔法藥引，請小心保管，務必要安全的送回圖書館木！」小書籤說。

此時的小書籤看起來十分威嚴而且充滿氣勢，雖然他的外表只是一隻小蜻蜓。林捷和林宜兄妹看得目瞪口呆，尤其是一開始把小書籤當作普通蜻蜓的林捷，可沒想到會看到這樣的場面。

「我還得完成最後一件事——把你們送回人類世界！林捷、林宜，我們有機會再見囉！」小小巫婆把手中的小刷子拋向空中；刷子轉了三圈，落在小小巫婆手上，又變回掃把。小小巫婆輕輕揮動掃把兩下，濃霧散去，空地消失，圖書館中的書架與書籍再次出現。四周依然安靜無聲，林捷和林宜才發現他們已經回到之前兩人玩捉迷藏的大學圖書館。林宜看了看周圍，他們還在童書區，眼前書架上明顯缺了一本書，就是她手上的《愛麗絲夢遊仙境》。

小書籤點點頭，露出滿意的表情說：「一切總算回復原狀，我們也該帶彩花籽回到圖書館木休息了。」

說完，他又對著林捷與林宜兄妹說：「為了答謝你們今天幫了大忙——不但幫忙找回失竊已久的寶貴活人書大大巫婆，還找回了芽門。我以圖書館木一級圖書館員身分，正式賦予你們圖書館木專屬的書偵探身分，你們將有機會再進入圖書館木。我會再來找你們——當然是有新任務出現的時候啦！」

「任務？是什麼樣的任務？」林捷抑制不住語氣裡的興奮。

「當然是幫忙找回圖書館木遺失的重要書籍。你們願意擔任書偵探嗎？」小書籤問。

「可是，我們不懂魔法。」林宜說，一邊怯怯的拉著哥哥林捷的手。

小書籤說：「你們對於書本的喜愛，就是最棒的魔法，也是擔任圖書館木書偵探最重要的基本條件。如果不是你們共讀《愛麗絲夢遊仙境》時快樂享受的心情，說不定再也找不到大大巫婆了。」

小書籤停頓了一下，接著他收起笑容，用十分慎重的口吻問：「我再問你們一次：林捷、林宜，你們兄妹願意擔任圖書館木的書偵探嗎？」

林捷和林宜這次互看了一眼，一致的點點頭說：「我們很樂意！」

「順便偷偷告訴你們一個祕密：在圖書館木裡玩捉迷藏，會特別好玩呢！比方說，林宜如果在童話書區裡遇到愛麗絲，可以跟著愛麗絲一起跳進兔子洞裡去冒險，保證林捷要花好久的時間才能找到林宜。不過，沒有人類知道圖書館木的存在，請你們務必幫忙保守祕密，拜託了！」小書籤眨眨眼睛說。

林捷和林宜點頭答應。就在此時，彩花籽突然張開翅膀飛向林宜，輕輕的用觸角點了點林宜的鼻尖，又飛向林捷，在林捷的頭上繞了兩圈。

「彩花籽在對我們說話，對嗎？她說什麼呢？」林宜問小書籤。

「彩花籽說她很喜歡你們，並且祝福你們永遠都能享受書本中的知識與智慧！再見了！後會有期！」小書籤說完，小書丸頭頂上的綠色寶石發出耀眼無比的光芒。

「謝謝！再見！」林捷和林宜同時揮手，他們發現濃霧又再度升起，小書籤和彩花籽先消失在濃霧中，接著是小書丸，最後只剩一抹綠色寶石閃耀的光芒。

當寶石的光芒消失，霧再度消散，林捷和林宜同時抬起頭，他們發現牆上時鐘的時間是三點三十一分。

林捷拉起妹妹的手說：「回家吧！」

「嗯！」林宜點點頭。

當他們走出圖書館的大門，陽光依然耀眼炙熱。林宜回頭看了看圖書館，說：「哥，我總覺得我一直聞到書本的香味呢！」

林捷點點頭說：「我也聞到了！我猜那是彩花籽送給我們的禮

物！」

「我也這麼認為！」林宜望著林捷說，兩個人同時露出笑容——他們沒有發現自己的臉頰上，同時浮現一模一樣、十分好看的酒窩。

番外篇

小書籤與大野狼

當小書籤還是圖書館木的實習館員時，最重要的工作是管理童話書區。童話書區裡有各式各樣的經典童話書，這些童話書和人類圖書館中的童話書可是大不相同——故事裡的人物角色，可以活生生的自由出入書中。因此，小書籤的工作除了清點童話書區裡的藏書之外，還得確定每一本書裡的角色是否安分的在童話書區裡，或是安全無虞。

這天，到了清點書單與角色的時間，小書籤經過《愛麗絲夢遊仙境》書區時，愛麗絲正好在樹下發呆。小書籤蹲下來對著她說：

「愛麗絲，記得跟著兔子跳進洞裡時，雙手要抱住膝蓋，別張開，讓自己卡在洞裡，免得我又找不到你了。」

愛麗絲不耐煩的揮揮手說：「知道啦！兔子先生來了，這一次我一定要摸到他的短尾巴，還要看一下他的懷錶。」說完，就追著兔子先生跳進兔子洞裡。

小書籤只能搖搖頭，繼續前往下一本書。經過《三隻小豬》書區時，三隻小豬正圍在媽媽身邊，小書籤赫然發現大野狼居然躲在窗外，偷看小豬們流口水。

「喂！大野狼，還不到你出場的時間吧？」小書籤瞪著大野狼說。

「我沒有破壞故事情節，也沒說話，只是躲在這裡流口水，不行嗎？」大野狼惡狠狠的回答。

「我只是先警告你，別破壞……。唉唷！好痛！」小書籤還沒說完，額頭就被一顆石頭砸中，十分疼痛。

「啊！糟糕！砸中館員小書籤了！都是你啦！」小書籤抬起頭，發現七隻小羊躲在前面的矮樹叢裡，七嘴八舌的說。

「你們在做什麼？七隻小羊，這裡不是你們的書區，我等一下要清點書單和人物，你們快回去。」小書籤沒好氣的說。

「報告館員，我們是來監視大野狼，免得他把三隻小豬吃掉。大野狼的肚子裡又臭又黑，很可怕的。」一號小羊說。

「我的天哪！原來你不是《三隻小豬》裡的大野狼呀？」小書籤驚訝的說。

大野狼搖搖頭說：「館員，我可沒說我是喔！」

「奇怪，怎麼沒看到這個書區的大野狼呢？」小書籤說完環顧四周，突然間出現了一陣淒厲的哀嚎聲，只見另一隻大野狼痛苦的捧著肚子從另一個書區翻滾過來。

「誰來告訴我這是怎麼回事？」小書籤臉色鐵青的問。

「早知道就不答應和《三隻小豬》的大野狼交換，去《七隻小羊與大野狼》書區，說什麼一次吃了六隻小羊，比我吃不到三隻小豬還划算。結果，害我被找不到小羊的羊媽媽拿著大剪刀剪破肚皮。

我寧願跳進熱滾滾的湯，也不想被大剪刀剪破肚皮呀！痛死我了！」大野狼痛得滿地打滾，十分狼狽。

小書籤檢查了一下《三隻小豬》的大野狼的傷勢，還好不算太嚴重，很快就能恢復。但是，他開始擔心《小紅帽》裡大野狼的行蹤，還是快點出發到《小紅帽》書區去才行……。

讀書會

名師專家設計學習單，從有趣的文本培養閱讀理解力，鍛練思考力，增進寫作力，三大功力一次完成！

導讀

閱讀，對小朋友來說，是重要的養分。因為閱讀，讓我們有更多寫作的素材，讓我們得以發揮想像力，讓我們可以在別人的經驗中累積我們的智慧。其實，不只人類在閱讀，在書裡也有好多關於閱讀的奇幻想像。小朋友，你相信嗎？一隻蜻蜓會吸取書本的香氣當作食物；一隻蝴蝶會停在書本上閱讀文句；甚至在魔法世界中，人類與童話角色的閱讀行為也對整個世界產生了影響。這些充滿想像與不可思議的現象，都在這篇奇幻小說裡一一展現。

也許小朋友所接觸過的圖書館，總是冰冷嚴肅或充滿老舊氣味，但是在我們臺灣，許多充滿美感的圖書館正如雨後春筍般建造，許多好書也陸續出版。而這本書，以非常具有童話性質、戲劇效果的方式，鋪陳了一段發生在圖書館的奇幻之旅。一對兄妹因為愛書的特質，與隱藏在神祕圖書館的小精靈相遇；兄妹倆後來通過了巫婆的挑戰，也讓巫婆姊妹重新相會，最後成為神祕圖書館的書偵探。小朋友，你看，閱讀是多麼吸引人的事，充滿了魔法的魅力！它可以助人，也可以提升自己的智慧；而圖書館也成為一個更「活」、更有生命的場所。何不趁現在，趕緊拾起這本書，看看會不會和書中主角一樣，看見魔法！

快問快答

1. 在〈遇見外星人？〉這一章裡，「外星人」指的是誰呢？

2. 在〈藍色小蝴蝶〉和〈再度飛翔的小蝴蝶〉兩章中所出現的「蝴蝶」，帶給林宜哪些感覺上的差異呢？

3. 從故事中找找看，那隻黃尾巴蜻蜓叫什麼名字？它的主要工作是什麼？

4. 在〈關於圖書館木〉一章中，有提到小書籤喜歡吃的東西。請找出相關的文字敘述，並讀出來和大家分享。

5. 請回想這本小說的情節，以下三個重要情節的發生排序為何？

甲、小書丸拿回芽門

乙、大小巫婆相聚

丙、小小巫婆想和林家兄妹比賽種書

6 想一想，故事中的「芽門」對小書丸和彩花籽來說，有什麼重要性？

7 在〈棒棒糖果園〉一章中，書菜種子是如何變成一棵美麗的大樹呢？

8 在〈收拾善後〉一章中，找找看擔任圖書館木書偵探的基本條件是什麼？你具備了當書偵探的條件嗎？

9 想一想，作者寫這篇故事最主要想告訴讀者什麼呢？

10 你認為哪一個章節寫得最精采？並進一步說明理由。

導讀、教案設計／**林彥佑**（高雄林園國小教師）

作者的話

在那個魔法閃閃發亮的夏日午後

因為父親曾在花蓮縣光復糖廠工作的緣故，我的童年時光是在花蓮糖廠度過。廠區裡有宿舍、小學、餐廳、醫院、冰店、澡堂、游泳池，還有一間小小的圖書館。這間小小的圖書館對我來說，很重要。儘管裡面沒有多少童書，但是成疊的《國語日報》和皇冠小說，在我知曉閱讀的樂趣之後，陪伴我度過許多時光。有一回在圖書館角落裡看著《國語日報》，完全忘了時間，後來才發現圖書館員把門關起來，回家休息了。還好，門並沒有真的鎖上；我倉皇的奔出圖書館回家，雖然受了一點驚嚇，但是並沒有阻止我再度進入圖書館。後來，回想這段記憶，在那個沒冷氣的年代，外面烈日當中，卻沒有炎熱的感覺。我讀著一篇篇有趣的故事，聞著報紙的油墨味，不禁覺得那些文字一定有魔法；圖書館那個空間一定也有魔法，才讓我完全忘記身外的世界，也讓那個糊塗的圖書館員沒發現我還在圖書館之中。

【神祕圖書館系列】的原始構想，來自我對圖書館與閱讀的種種美好記憶。儘管隨著年歲增長，生活忙碌，能完全拋開世界，讓自己泡在圖書館中的魔法時光已經不存在，但是我熱愛閱讀的習慣一直都在，各式各樣的書帶給我很棒的閱讀時光。寫這一系列故事時，我又再度回到那個充滿魔法的圖書館空間裡，刺激又曲折，對我來說，是十分有趣的寫作歷程。

很開心這系列書在親子天下編輯團隊的努力之下，終於出版了。希望小讀者閱讀這系列故事之後，也能累積屬於自己的美好閱讀記憶。擁有這樣的記憶是一件很棒的事情，如同魔法一樣，將引導你走向下一段美好的閱讀經驗。祝福大家閱讀愉快！

書香書味

◎文／張子樟（青少年文學閱讀推廣人）

一、書中書之旅

傳統閱讀強調的是讀者與書籍的互動。讀者透過閱讀，可以獲得樂趣、資訊和知識。依據讀者反應論的說法，書原來是沒有生命的，不論是擺在書店、閱覽室或者圖書館裡的書架上都一樣。讀者把書打開，就賦予書生命。讀者熱心閱讀，書的生命便有了價值，所以書和讀者的關係十分密切。

讀者閱讀的過程有如到書中的世界去旅行。隨著互文性說法的問世，有幾位作家已經寫出以書中主角和書的互動為故事主軸的作品。《說不完的故事》的主角巴斯提安受到《說不完的故事》一書的召喚，跳進書裡，開始一趟神祕的冒險旅行。【吸墨鬼】系列書的作者更設法讓書中的小紅帽和大野狼到書外的世界遨遊。書中書的主角跑到書外世界，原本的書的主角卻被吸進書中書了。【墨水心】系列書的作者竟然想出藉著朗讀來召喚書中角色。她安排故事中的角色可以直接與書中其他角色互動、進出書裡書外，完全沒有任何限制。作家躲在後面，他可以決定書中主角的生死，他是真正的操作人。我們藉由他的妙筆，進入了他奇妙的幻想空間。書中人物在書裡書外穿梭自如，等於作家釋放了讀者參與的有限空間。同樣的，我們可以看出《芽門、彩花籽與小小巫婆》有類似的架構，只是情節似乎更繁雜些。

二、互文與敘述

作者林佑儒多年前曾以奇幻作品《圖書館精靈》榮獲九歌少兒文學獎，後來的作品多以寫實為主，嘗試開拓自己的創作空間，但相信她始終對奇幻念念不忘，【神祕圖書館偵探】這一系列作品便是最好的說明。

如果要將優秀的童話角色融入新作，則免不了會有不少互文的現象，但重要的是，作者要如何應用自如，恰到好處。這一點便突顯了本書作者的轉化功夫。她運用巧思，在適當的地方將經典故事《糖果屋》、《白雪公主》、《三隻小豬》、《愛麗絲夢遊仙境》等融入情節，希望激發讀者未完全開發的想像力。

藉由林捷和林宜兄妹的奇幻之旅，作者塑造了彩花籽（藍色小蝴蝶）、小書籤（黃尾巴蜻蜓）、小書丸（金龜子）和小小巫婆、大大巫婆，在神祕圖書館裡扮演特殊的角色，巧遇林家兄妹，利用書的閱讀，展露書味來解決大小問題。彩花籽、小書籤和小書丸當然是作者構想的新角色，衍生自圖書館。小小巫婆、大大巫婆卻破除了又老又醜的傳統形象，雖說不上創新，但另有新意。

全書敘述者的安排同樣是經過深思熟慮的。先是由在圖書館玩捉迷藏的林宜和林捷輪流擔任，等兩人交會後，敘述便變成全知觀點，方便講述。另外，由於故事本身帶有冒險氛圍，作者必須設計一些足以催生讀者懸念的大小問題，並且給予能讓他們心服口服的答案，這方面作者的表現也中規中矩。至於誰是偷書賊，那是另一本書的問題了。

三、圖書館木的空間

作者在這本作品裡虛擬了「圖書館木」：「……外形的確是樹的樣子……是一座活的圖書館……每一本書都是活的……裡面的空間大得驚人，它真正的藏書量是多少，沒有人知道。」同時不斷強調閱讀的氣味，顯然她的用意在於推廣大量閱讀。這讓我們想起阿根廷文學大師波赫士（Jorge Luis Borges, 1899-1986）在一九四一年寫的短篇小說〈巴別圖書館〉(The Library of Babel)。文中的圖書館實際上是指無窮無盡、周而復始的宇宙，是一篇不易閱讀的預言小說；依據後來的電子媒介發展，作者等於預告了日後閱讀習慣的改變。如果認定宇宙就是一間龐大無比的大圖書館，則只要我們睜開雙眼，目光所及之處，無一不是一種閱讀的過程。波赫士在文尾預告：「……獨一無二的人類行將滅絕，而圖書館卻會存在下去：青燈孤照，無限無動，藏有珍本，默默無聞，無用而不敗壞。」相對之下，從來沒有人發現過的圖書館木似乎有待人們繼續去追尋，而追尋的最佳方式當然從大量閱讀不同類型的書開始，書味自然遲早會變成書香。

循著書香冒險

◎文／陳櫻慧（童書作家暨親子共讀推廣講師、
思多力親子成長團隊暨網站召集人）

本書作者一定是個愛書人，才有辦法寫出這麼一個充滿書香的故事吧！

就學的年代，圖書館是閒暇時光的好去處；當時都還未翻修，屬於舊式的圖書館；走在窄長的行列之間，就像進入了寶庫，每一本書都像寶藏，濃濃的書香味兒飄散其中，是我喜歡的味道。

翻開這本書，就被作者的創意嚇一跳——藍色小蝴蝶、黃尾巴蜻蜓像放大鏡似的，彷彿停在我的眼前、鼻尖，爾後又被拉遠、沒入書本紙張裡；作者不停的使用文字把讀者的視角拉近又拉遠，故事才剛開始，就因此立體感十足。能夠和故事角色相遇的圖書館木，想必是創造了一個愛書人夢寐以求的天堂吧！在小書籤和小書丸的帶領下，進入用書堆疊的圖書館木這個奇幻世界，書的香氣就是食物，也是線索。後來小小巫婆給了一個困難的任務，看似刻意的刁難，其實背後都源自於愛！充滿緊張的探索與冒險，原來並沒有真正的壞人。

「書菜種子」到底在哪裡？能夠慢慢咀嚼故事，就能找到答案。好好的唸一個故事，帶著享受的心情，灌溉的究竟是種子，還是讀者的心？作者潛藏其中，與讀者約定好的默契，讓人忍不住會心一笑。最後，不忘帶出迷路市場來作為第二集的鋪陳，嗅著書香味兒，肯定還有一場精采的旅程。

為孩子重建想像力的桃花源

◎文／黃愛真（臺南市智慧森林兒童閱讀文化學會理事長、教育部閱讀推手）

作家林佑儒十多年前榮獲大獎的少年小說《圖書館精靈》還在腦海中迴盪，卻已經見到作家從「圖書館」概念出發，再度創作一系列全新概念的奇幻偵探讀物，讓逐漸能自行閱讀整本兒童小說的孩子們，透過書中精心設計的書籍與閱讀魔法，開始親近圖書館、進入圖書館體系的文化傳承（如：安靜、低聲說話、大量閱讀、擁有心愛的書籍等等），並逐一透過小讀者對故事內容的「偵察」來認識圖書館與書籍的祕密。作者並於故事中親自挑選、推薦兒童適讀的經典讀物（如：《金銀島》、《愛麗絲夢遊仙境》、《三隻小豬》等等），由此建構圖書館和書海裡無遠弗屆的想像世界。

本書描述，龍鳳胎林捷與林宜兄妹喜歡閱讀課外書籍，因為圖書館離家近，放學回家前都會進入大學圖書館閱讀並玩遊戲，意外接觸圖書館木精靈，並認識圖書館木精靈守護的奇幻世界，同時透過這個建構的奇幻桃花源，逐漸學習對閱讀應有的態度與認知。

美國心理學與童話研究者貝特海姆（Bruno Bettelheim，1903-1990）認為，孩子自幼容易產生很多神奇幻想；然而在現實生活中，理性知識的學習常常提早壓抑了孩子潛意識中的自由幻想，孩子學會了接受社會體制而將內在自我隱藏起來。隨著孩子逐漸長大，奇幻故事的閱讀似乎是滿足孩子早年被剝奪的內在幻想。或許貝特海姆的心理學觀點解釋了目前兒童風靡奇幻文學的理由，同時也加強了透過【神祕圖書館偵探系列】架設的圖書館文化，能因為貼近孩子內在心理機轉，而讓孩子對書籍與閱讀產生興趣。

小時候會讀、喜歡讀，不保證長大會繼續讀或是讀得懂。我們需要隨著孩子年級的增長提供不同的閱讀環境，讓他們持續享受閱讀，在閱讀中，增長學習能力。這正是【樂讀 456】系列努力的方向。 —— 中央大學學習與教學研究所教授 **柯華葳**

系列特色

1. 專為已經建立閱讀習慣的中高年級以上讀者量身打造。
2. 兩萬到四萬字的中長篇故事，培養孩子的閱讀續航力。
3. 多元化題材及結構完整的故事內容，全面提升閱讀、寫作及表達能力。
4.「456 讀書會」單元，增進深度理解與獲得新知。

妖怪醫院

世上絕無僅有的【妖怪醫院】開張了！
結合打怪、推理、冒險……「這是什麼鬼！？」
新美南吉兒童文學獎作家富安陽子
最富「人性」與「療效」的奇幻故事

故事說的是妖怪，文字卻很有暖意，從容又有趣。書裡的妖怪都露出了脆弱、好玩的一面。我們跟著男主角出入妖怪世界，也好像是穿越了我們自己的恐懼，看到了妖怪可愛的另一面呢！

——知名童書作家 **林世仁**

生活寫實故事，感受人生中各種滋味

★北市圖好書大家讀推薦入選
★教育部國民中小學新生閱讀推廣計畫選書

★教育部性別平等教育優良讀物
★文建會臺灣兒童文學一百選
★中國時報開卷年度最佳童書
★新聞局中小學優良讀物推介

★中華兒童文學獎
★文建會臺灣兒童文學一百選
★「好書大家讀」年度最佳讀物
★新聞局中小學優良讀物推介

創意源自生活，優游於現實與奇幻之間

★系列曾獲選好書大家讀年度最佳讀物獎、入選義大利波隆那同書展臺灣館推薦書

《神祕圖書館偵探》系列，乍聽之下是個圖書館發生疑案，要由小偵探解謎的推理故事。細讀後發現不完全是如此，它除了「謎」以外，也個充滿想像力的奇幻故事。

——臺南大學附設實驗小學教師 **溫美玉**

掌握國小中高年級閱讀力成長關鍵期

樂讀456，深耕閱讀無障礙

學會分析故事內涵，鍛鍊自學工夫，增進孩子的閱讀素養

奇想三國，橫掃誠品、博客來暢銷榜

王文華、岑澎維攜手說書，用奇想活化經典，從人物窺看三國

本系列為了提高小讀者閱讀的興趣，分別虛構了四個敘述者的角度，企圖拉近歷史與孩子之間的距離，並期望，經由這些人物的事蹟，能激發孩子對歷史的思考，並發展出探討史實的能力。

—— 東華大學中文系教授、「三國學」專家 **王文進**

一般人只看到曹操敗得多淒慘，孔明贏得多瀟灑，我卻看見曹操的大器，拿得起，放得下！

—— **王文華**

如果要從三國英雄裡，選出一位模範生，候選人裡，我一定提名劉備！

—— **岑澎維**

孔明這位一代軍師生在當時是傑出的軍事家，如果生在現代，一定是傑出的企業家！

—— **岑澎維**

孫權的勇氣膽略，連曹操都稱讚：生兒當如孫仲謀！

—— **王文華**

黑貓魯道夫

一部媲美桃園三結義的黑貓歷險記

這是一本我想寫了好多年，因此叫我十分妒羨的書。此系列亦童話亦不失真，充滿想像卻不迴避現實，處處風險驚奇，但又不失溫暖關懷。寫的、說的，既是動物，也是人。

——知名作家 **朱天心**

★「好書大家讀」入選
★桑登博客來網路書店暢銷榜
★日本講談社兒童文學新人獎
★知名作家朱天心、番紅花、貓小姐聯合推薦

★「好書大家讀」入選
★日本野間兒童文藝新人獎
★日本路傍之石文學獎
★知名作家朱天心、番紅花、貓小姐聯合推薦

★知名作家朱天心、番紅花、貓小姐聯合推薦

★日本野間兒童文藝獎

神祕圖書館偵探 1

芽門、彩花籽與小小巫婆

文｜林佑儒
圖｜ 25 度

責任編輯｜許嘉諾
外包編輯｜施至婷
美術設計｜蕭雅慧
行銷企劃｜葉怡伶

天下雜誌群創辦人｜殷允芃
董事長兼執行長｜何琦瑜
媒體暨產品事業群
總經理｜游玉雪
副總經理｜林彥傑
總編輯｜林欣靜
行銷總監｜林育菁
副總監｜李幼婷
版權主任｜何晨瑋、黃微真

出版者｜親子天下股份有限公司
地址｜台北市 104 建國北路一段 96 號 4 樓
電話｜（02）2509-2800　傳真｜（02）2509-2462
網址｜ www.parenting.com.tw
讀者服務專線｜（02）2662-0332　週一～週五：09:00~17:30
讀者服務傳真｜（02）2662-6048
客服信箱｜ parenting@cw.com.tw
法律顧問｜台英國際商務法律事務所 ・ 羅明通律師
製版印刷｜中原造像股份有限公司
總經銷｜大和圖書有限公司　電話：（02）8990-2588

出版日期｜ 2016 年 8 月第一版第一次印行
2024 年 4 月第一版第二十二次印行
定　　價｜ 260 元
書　　號｜ BKKCJ032P
I S B N｜ 978-986-93339-6-2

訂購服務
親子天下 Shopping ｜ shopping.parenting.com.tw
海外 ・ 大量訂購｜ parenting@cw.com.tw
書香花園｜台北市建國北路二段 6 巷 11 號　電話（02）2506-1635
劃撥帳號｜ 50331356 親子天下股份有限公司

立即購買 >

國家圖書館出版品預行編目資料

神祕圖書館偵探1：芽門、彩花籽與小小巫婆／林佑儒文；25度圖. -- 第一版. -- 臺北市：親子天下，2016.08
136 面；17x21 公分. --（樂讀456系列；32）
ISBN 978-986-93339-6-2（平裝）

859.6　105012721